Margani S. Mazzochi e
Nádia R. Fachini, recebam
todo meu amor e gratidão.

Editor de Literatura: *Vitor Maia*

Assessoria Editorial: *Otacília de Freitas*

Assistência Editorial: *Gustavo Pavani F. da Hora*
Pétula Ventura Lemos

Assistência de Comunicação: *Paula Thomaz*

Preparação de Texto: *Silvana Salermo*

Revisão: *Gislene P. Rodrigues de Oliveira*
Ana Paula Ribeiro
Christina Lucy Fontes Soares

Capa, Projeto Gráfico e Ilustrações: *André Neves*

Diagramação e Arte-Final: *Vinicius Rossignol Felipe*

Supervisão Gráfica: *Nelson Pastor*

Dados Internacionais de Catalogação na Publicação (CIP)
(Câmara Brasileira do Livro, SP, Brasil)

Randon, Maria Augusta Mantese
Os deuses e seus enigmas / Maria Augusta Mantese Randon ; ilustrações André Neves. — São Paulo : DCL, 2003.

ISBN 85-7338-730-0

1. Mitologia grega (Literatura infanto-juvenil) I. Neves, André. II. Título. III. Série.

02-5309 CDD – 028.5

Índices para catálogo sistemático:

1. Mitologia grega: Literatura infantil 028.5
2. Mitologia grega: Literatura infanto-juvenil 028.5

1ª edição, 2003

DCL – Difusão Cultural do Livro Ltda.
Rua Manuel Pinto de Carvalho, 80 – Bairro do Limão
CEP 02712-120 – São Paulo/SP
Tel.: (0xx11) 3932-5222
http://www.editoradcl.com.br
E-mail: dcl@editoradcl.com.br

OS DEUSES
E SEUS ENIGMAS

Maria Augusta Mantese Randon

Ilustrações: André Neves

SUMÁRIO

QUEM SÃO OS DEUSES E OS HERÓIS GREGOS

As histórias dos deuses e heróis acontecem numa época remota, anterior à era cristã. Os primeiros registros escritos da mitologia grega encontram-se nas obras de Homero e Hesíodo, há mais ou menos mil anos antes de Cristo.

Havia, na Grécia, várias cidades independentes umas das outras, governadas como se fossem Estados ou países diferentes. Cada cidade desse país montanhoso tinha no centro a acrópole, uma rígida fortaleza construída na parte mais elevada, que protegia o rei, os habitantes que viviam em torno dele e os templos consagrados às divindades. Em sua grande maioria, os reis das cidades gregas são personagens heróicos das nossas histórias.

O povo grego criou seus deuses baseando-se em si próprios, isto é, em sua imagem e semelhança. Os deuses gregos eram humanizados. Até então, nenhum deus tinha tido uma aparência real. Num torneio, os artistas tomavam como modelo o corpo de um jogador e aperfeiçoavam tanto seu físico como suas atitudes, tornando-o, por exemplo, o deus Apolo. A partir da imagem, as histórias dos deuses passaram a ser contadas; muitas deram margem à comédia, como as que narram os casos amorosos de Zeus, descobertos pela ciumenta esposa Hera.

Como os demais povos antigos, os gregos acreditavam que o mundo tivesse sido criado por seus deuses. Eles não faziam distinção entre o real e a fantasia. E a imaginação popular era tão criativa que se acreditava ver Ninfas passeando no meio das florestas. Para isso, era preciso não fazer barulho, a fim de que não se assustassem e fugissem! Esses deuses cotidianos ou participantes dos fenômenos da natureza adquiriam as qualidades e os defeitos humanos. E a eles dava-se pleno poder sobre toda forma de vida existente na terra.

O povo fazia oferendas para os deuses e heróis, sacrificando animais e produtos da terra. E organizava festas e competições para agradar a um deus em particular e dele obter proteção e benefícios.

Os gregos tiveram necessidade de personificar os deuses. Ao mesmo tempo que a Noite era uma abstração, era também uma deusa representada com longas asas levando uma tocha nas mãos. Hélio, o deus sol, tudo via e nunca perdia a hora. Ao mesmo tempo que havia o sol, existia também o deus representado como um ser de cabelos longos e loiros, rosto brilhante, carregando na cabeça uma luminosa coroa de esmeraldas. Pela manhã, ele montava em sua taça dourada puxada por ágeis cavalos de freios de ouro e iluminava o dia até chegar a hora de voltar a seu palácio, quando o Sol se punha.

Os bosques, as águas e os campos eram habitados pelas Ninfas – jovens mulheres muito belas que habitavam a natureza e dela tomavam conta. As Ninfas passavam grande parte do tempo nas grutas, onde fiavam e cantavam. Normalmente, elas se uniam a seres masculinos da natureza, mas também eram amadas pelos deuses. Além dos seres divinos que a elas se uniam, jovens mortais por elas se apaixonavam.

Os deuses jamais apareciam para um ser humano "em todo o seu esplendor", como deuses. Os mortais os percebiam sob outras formas, para que o olhar humano pudesse suportar tal aparição.

Os deuses mitológicos mais importantes, em número de doze, ocupavam seus tronos no Olimpo, junto a Zeus. O Olimpo era a morada dos deuses, o espaço mais luminoso do universo, que ficava no ponto mais alto do céu, nos confins do Éter.

Zeus, o grande deus, deus dos deuses e dos homens, era representado pelo raio. A tempestade, por exemplo, simbolizava a fúria de Zeus. A ele, a cada quatro anos, eram oferecidos os Jogos Olímpicos. Acreditava-se conseguir aplacar a fúria do deus pelo efeito de prazer que esses jogos públicos provocariam nele. Nesse torneio atlético, as cidades esqueciam suas divergências – todo o país participava. Havia várias disputas para o público masculino, como o lançamento de disco ou dardo. Os vencedores tinham suas glórias cantadas por um poeta e recebiam uma coroa de louros. Os Jogos Olímpicos permitiam que os gregos se sentissem uma mesma civilização, apesar das grandes diferenças existentes entre as cidades-estado. Também tinham caráter de cerimônia religiosa.

Os poetas e os músicos passeavam de cidade em cidade, cantando as histórias dos heróis e de seus deuses, transmitindo-as, a princípio, oralmente. Só muito mais tarde é que elas foram escritas. Assim, essas histórias foram passando de geração para geração e formaram a mitologia grega.

Havia uma necessidade muito grande de explicar os fenômenos existentes na natureza, e os mitos gregos conseguiam dar conta da curiosidade humana, que se questionava: como surgiu o homem? Como surgiu o universo e tudo quanto existe, desde uma simples flor até os sentimentos mais recônditos?

Por intermédio dos poetas Homero e Hesíodo é que ficamos conhecendo a maioria das histórias da mitologia grega.

Entre os personagens mitológicos, além dos deuses, destaca-se o herói, em geral descendente de ancestrais famosos ou de pais da mais alta nobreza. Normalmente, é filho de um rei. Pode também ser filho de um deus com uma mortal, ou de uma deusa com um mortal. Na maioria das vezes, ele é bonito, alto e forte, embora possa ser pequeno e feio. Geralmente, o herói é bom e defende o seu povo; mas, quando é irritado, podemos esperar dele vinganças catastróficas!

O nascimento do herói é precedido por dificuldades. A união dos pais é secreta, devido à proibição de um oráculo ou de algum castigo que pesa sobre a família. Durante a gravidez, ou antes dela, surge uma profecia. Sob forma de sonho ou previsão do adivinho, a mãe é advertida sobre o perigo que o nascimento dessa criança representa. Ela porá em risco a vida do pai ou da cidade, ou poderá causar algum outro problema muito grave. Nessa linha, temos, por exemplo, a história de Alexandre, a de Édipo e outras.

Então, quando o menino nasce, é colocado num cesto, pote ou urna e abandonado no campo ou nas águas. Mas é recolhido e salvo por pessoas humildes, como pastores e pescadores, ou por animais.

Separado dos pais verdadeiros, inicia suas atividades passando por ritos iniciáticos. Começa com as proezas comuns até chegar aos prodígios sobrenaturais. Defronta-se com forças fabulosas e consegue triunfar. Regressa vitorioso das misteriosas façanhas.

Durante a infância, já fica evidenciada sua condição e natureza superiores. E então, o menino consegue descobrir sua origem nobre. Retorna à sua família original. Depois de praticar atos heróicos, algumas vezes vinga-se do pai, tio ou avô. Casa-se com uma princesa e consegue reconhecimento de seus méritos. Alcança, assim, posto e honras a que tem direito.

O herói também protege bravamente sua cidade e seu povo, mas está condenado a um fim trágico – tem suas glórias, porém acaba fracassando. Após muitas lutas, ele morre; não é um deus, é apenas um herói. Os deuses não permitem serem igualados a um mortal. A grandiosíssima glória é reservada para após a morte.

A leitura das histórias mostra que a organização da família era totalmente diferente da nossa. Os deuses uniam-se entre pais e irmãos. A moral, portanto, era outra. Importava, para eles, a descendência. Sem ignorar uma certa ligação afetiva, principalmente do ponto de vista feminino.

A vida dos heróis já era um pouco diferente. Édipo, por exemplo, pertence a uma família grega, e ele será castigado por ter se unido à mãe. Porém, é preciso sempre ter presente que se trata de uma outra realidade cultural e histórica, embora se encontre nas entrelinhas destes fantásticos enredos explicações para o mundo inconsciente do ser humano. Talvez seja exatamente isso que arraste as pessoas a ler com tanto interesse, até hoje, as narrativas da mitologia grega.

Viajando no tempo passado, descobriremos o presente, se os deuses assim o quiserem!

I. TOURO, O SIGNO DO ZODÍACO

Há muito tempo, havia em Tiro uma bela princesa chamada Europa. Seu pai era o rei daquele local. Meiga e linda, todos que a viam apaixonavam-se por ela.

Era primavera quando, certo dia, Europa estava com suas amigas nos arredores da cidade. Dançavam, banhavam-se ou simplesmente colhiam flores. O cesto de Europa era de ouro, feito pelo deus Hefesto. Ela carregava narcisos, jacintos e outras flores, de um colorido indescritível. Zeus, que por ali passava, resolveu dar uma espiada na linda princesa, de quem já ouvira tanto falar. Apaixonou-se. Deslumbrado, arquitetou um plano para chamar a atenção da moça.

Inicialmente, pensou em transformar-se em vários bichos. Por fim, resolveu disfarçar-se de touro, animal raro na época. E foi sob a forma de um touro branco-cintilante, de belos cornos, semelhantes à lua crescente, que Zeus se deitou aos pés de Europa.

Inicialmente, a princesa ficou assustada. Porém, logo se acalmou. Sentou-se no dorso do animal e começou a acariciá-lo.

Seguro da situação, rapidamente ele se levantou. Surpresa, Europa começou a gritar, segurando firme nos cornos do animal até se equilibrar. Então, o touro mergulhou no mar, afastando-se da terra.

Foram parar na ilha de Creta, onde Zeus nascera. Lá estariam a salvo do olhar de Hera, esposa de Zeus. Europa percebeu que se tratava de um deus e...

Mediante tal feitiço, a princesa também se apaixonou por Zeus. E embaixo dos plátanos, eles se uniram. Esse amor foi tão intenso que, em sua memória, os plátanos jamais perderam suas folhas.

Eles tiveram três filhos, sendo um deles o famoso rei Minos.

Zeus deu à Europa três presentes: um cão, que nunca deixou escapar uma só presa; Talos, o robô de bronze, que era o fiel e vigilante guardião da Ilha de Creta; e uma arma de caça, que nunca errou um alvo.

Tempos depois, Zeus resolveu partir sem Europa. Mas, preocupado em não deixá-la só, casou-a com Astérion, o rei de Creta.

Astérion não podia ter filhos, então, adotou os filhos de Zeus.

Muito tempo se passou. Quando Astérion faleceu, Europa recebeu honras divinas.

E Zeus ofereceu-lhe o touro, com o qual a havia conquistado, transformando-o numa constelação. Ele foi colocado entre os signos do Zodíaco, significando poder e força criadora.

II. O REI MINOS

O rei da Ilha de Creta, Minos, era filho do grande Zeus e da princesa Europa.

Minos tinha dois irmãos, porém, o rei era ele. Dotado de poderes que os outros dois não possuíam, ele conseguia conversar com os deuses! Dizia aos irmãos que Creta havia sido destinada a ele por vontade divina. Sendo assim, os irmãos lhe pediram que provasse essa afirmação. Minos concordou.

Postou-se diante do mar e disse:

– Ó, Poséidon, deus dos mares, faça sair destas águas um touro, se quiser que eu seja o rei de Creta. Em troca, eu lhe oferecerei um sacrifício: matarei o animal.

Minos foi imediatamente atendido. Emergiu do mar, causando um verdadeiro tremor nas ondas, um touro branco de rara beleza.

Tendo isso acontecido, não houve mais contestação: os irmãos de Minos tiveram certeza de que ele deveria ser o rei de Creta.

Zeus, o pai de Minos, pedira-lhe que sempre fosse justo. Por isso, a cada nove anos, eles se encontravam na Caverna do Ida, onde Zeus crescera. O pai julgava o filho para certificar-se de seu comportamento honesto. Se Minos estivesse sendo bom e justo, poderia governar por mais nove anos. Caso contrário, seria repreendido. O rei passaria alguns dias na caverna para aprender lições de conduta, refletir e tomar consciência das injustiças e dos erros cometidos.

Durante o reinado de Minos, os cretenses viveram muito felizes com seu rei. Ele reinava com justiça e era brando em suas punições. Diziam mesmo que governava inspirado diretamente em Zeus.

Havia escravos, mas estes eram bem tratados e tinham onde morar.

O povo fazia maravilhosos vasos de cerâmica de cor cinza e, mais tarde, amarela. O rei e seus súditos divertiam-se com jogos e touradas em que os animais não eram mortos. Dos jogos, participavam homens e mulheres.

Naquela época, a mulher cretense trabalhava e caçava como o homem, ocupando lugar de honra nos espetáculos públicos. Além de ser o centro das atenções, era sempre ouvida e andava muito bem vestida.

Minos reinou em Creta por muito tempo, fazendo questão de não se lembrar mais do sacrifício que deveria ter oferecido ao deus Poséidon. O rei resolveu apropriar-se do belo touro para conservação da raça, pois sabia tratar-se de um espécime raro.

Entretanto, um deus jamais se esquece de uma promessa não cumprida. Poséidon resolveu relembrar Minos de seu compromisso. Primeiramente, fez com que a rainha Pasífae se apaixonasse pelo touro e dele tivesse um filho: o Minotauro. Depois, terminou por enfurecer o animal, que não havia sido sacrificado como prometido.

Quando Minos viu seu maravilhoso animal enraivecido, conscientizou-se do seu juramento e tratou de não se confrontar com Poséidon. Mandou que sacrificassem o touro ao deus.

Era um pouco tarde, e a tentativa foi em vão. O touro estava completamente louco, não havia quem o conseguisse capturar. A essa altura, era preciso pedir ajuda a um herói. Surgiu-lhe, então, a figura de Héracles, aquele que libertou o mundo dos monstros!

Enviou um mensageiro pedindo a Héracles que viesse o quanto antes; o assunto era urgente. O herói atendeu imediatamente ao chamado do rei.

Chegando ao castelo, antes mesmo de receber as boas-vindas, foi logo tratando de encontrar o tal animal. Diante dele, não demonstrou o menor sinal de medo ou dúvida: deu-lhe um golpe forte e rápido. E pelas mãos corajosas de Héracles, o touro foi morto.

O rei ficou imensamente agradecido e pôde, enfim, dedicar-se às obrigações rotineiras por anos e anos.

Minos chefiou ainda diversas expedições militares. Acabou morrendo numa expedição na Sicília. Suas cinzas foram transportadas para Creta, onde recebeu honrarias póstumas.

III. O LABIRINTO

Num lugar distante, numa outra época, vivia o jovem Ícaro.

Era filho de Dédalo, um grande artista, arquiteto como jamais havia existido. Ícaro ajudava o pai nas grandes construções.

Pai e filho moravam no enorme castelo do rei Minos, na Ilha de Creta, na Grécia antiga. Dédalo e Ícaro passavam os dias esculpindo obras de arte, inventando castelos e formas arquitetônicas absolutamente curiosas.

Assim se divertiam, além de trabalhar muito.

Um dia, o pai de Ícaro construiu um brinquedo. Não para o rei, nem para seus filhos. Por estranho que pareça, aquele brinquedo perigoso destinava-se à rainha Pasífae.

Aconteceu que a rainha havia se apaixonado por um touro. Isso mesmo, um touro! Aquele que o rei Minos havia ganho de Poséidon, o deus dos mares, para depois ser oferecido em sacrifício ao deus. Como o rei não levou a sério sua promessa, por vingança, Poséidon, antes de enfurecer o touro, fez com que a rainha se apaixonasse por ele.

A rainha sabia que a única maneira de conquistar o touro era adquirir, também ela, uma forma animal. Ensandecida, solicitou a ajuda engenhosa de Dédalo. Era preciso que ele construísse uma armadura capaz de imitar um animal. Sob essa forma, ela conseguiria enganar o touro e seduzi-lo.

Uma rainha não manda: ordena. Dédalo teve que acatar a ordem.

Com essas artimanhas, a rainha não só conquistou o touro, como também deu à luz um filho, que só poderia ser uma múltipla figura, metade touro, metade homem. Tinha cabeça de touro e corpo de homem. Deram-lhe o nome de Minotauro.

Quando o rei soube do ocorrido, além de escandalizado, ficou muito envergonhado. Mandou que construíssem um labirinto para prender o monstro. E, como comida, o rei oferecia-lhe carne humana. Por vingança, o rei alimentava dessa forma o Minotauro.

Andrógeo, filho de Minos, havia sido morto nos jogos entre Creta e Atenas pelos atletas atenienses. Andrógeo vencia todas as provas, e os atenienses não suportavam mais as derrotas.

Ao saber da morte do filho, Minos dirigiu-se a Atenas e pediu ao grande Zeus que mandasse uma peste para a cidade. O rei Minos podia conversar com os deuses.

Muita gente estava morrendo, e Minos não se decidia a acabar com aquela desastrosa situação.

Depois de muita desgraça e destruição, concordou em retirar-se. Exigiu, porém, que periodicamente sete rapazes e sete moças atenienses fossem lançados no labirinto para alimentar o Minotauro.

Assim foi feito duas vezes. Na terceira, Minos, ainda inconformado com a morte do filho, incluiu o filho do rei de Atenas entre os jovens que alimentariam o indomável touro, dizendo:

– Como habitualmente, catorze jovens serão lançados no labirinto. Mas, desta vez, se conseguirem matar o Touro, deixarei que voltem livres para sua pátria!

Minos não acreditava que isso fosse possível, mas não sabia que o filho do rei de Atenas era o destemido Teseu, o famoso matador de monstros, que já lutara com muitos gigantes, sempre com sucesso nessas perigosas tarefas. Nada abalava o príncipe-herói.

Teseu parte em seu navio com os outros jovens, para mais uma arrojada aventura. Ao embarcarem, Egeu, seu pai, recomenda:

– Leve velas negras e velas brancas. Se vencer e retornar vivo a Atenas, ice as velas brancas para que, ao avistá-las, eu saiba que você está bem.

Chegando a Creta, confiante que estava na vitória, o valente Teseu muda as regras do jogo e se oferece para cumprir, sozinho, a árdua tarefa. Não temia entrar naquele labirinto que tinha inúmeras voltas, ziguezagues, caminhos sem retornos e corredores imensos com complicadas curvas que apareciam e desapareciam de repente.

Entrar no labirinto seria fácil. Sair dele, impossível! No entanto...

Logo que Teseu chega ao castelo, Ariadne, a filha do rei, apaixona-se por ele e quer ajudá-lo. Mas impõe uma condição:

– Meu jovem, posso ensiná-lo a sair do labirinto, sob o compromisso de casar-se comigo, sendo vitorioso.

Teseu jurou cumprir a promessa de casar-se com ela e levá-la para Atenas.

A princesa solicita a ajuda de Dédalo, que lhe dá as instruções. Tudo combinado, a jovem chama Teseu e lhe entrega um novelo de linha com as devidas explicações.

É chegada a hora de agir. O destemido herói adentra o labirinto. Seguindo as indicações de Dédalo, Teseu amarra o fio no início da entrada e o novelo vai se desenrolando à medida que ele caminha.

É noite. O fio brilhante permite que, através de uma luz tênue, o matador de monstros enxergue o alvo. O terrível Minotauro dorme num canto do labirinto.

Após alguns minutos de reflexão, o experiente Teseu já sabe como chegar ao Minotauro. Pé ante pé, sem fazer o menor ruído, ele se aproxima. De forma rápida e precisa, ergue o braço diante da figura gigantesca e escura. E, a punhaladas, mata o Minotauro!

É hora de voltar vitoriosamente para casa.

Como combinado, Teseu leva consigo Ariadne.

Precavido, antes de sair, o herói destrói todos os navios cretenses para não ser perseguido em alto-mar. Reúne os jovens atenienses e parte.

Após muitas horas em alto-mar, o navio ateniense pára numa ilha, onde passam a noite.

No dia seguinte bem cedo, mais descansados, é hora de partir. Tranqüila, Ariadne ainda dorme. Não se sabe o porquê, mas o noivo não a acorda, e, sem explicações, deixa a jovem na ilha, partindo com os treze rapazes atenienses.

Ansioso pelo retorno, Teseu esquece de trocar as velas pretas pelas brancas, como havia combinado com o emotivo pai.

O navio se aproxima de Atenas. O povo já está agitado, ávido por notícias. De longe, o rei ateniense avista o navio. Mas ele está com as velas pretas!

O rei se desespera.

Inconformado, pensando que o filho estivesse morto, não suporta tamanha dor e lança-se ao mar, sendo tragado imediatamente pelas águas. A partir desse dia, em sua homenagem, esse mar passou a chamar-se Egeu.

Chegando a Atenas, Teseu toma consciência da tragédia e, então, com redobrada força, assume o poder. Impõe importantes modificações em várias atividades.

O jovem Teseu traz a população que estava no campo e reúne todos numa única cidade. Atenas passa a ser a capital do estado, e o Senado é constituído. As leis começam a ser aplicadas, a moeda passa a ser usada e por meio de uma grande festa, chamada Panatenéias, os atenienses celebram a união política. A população é dividida entre nobres, artesãos e camponeses. Surgem os primeiros indícios da democracia.

Depois da experiência política, Teseu retoma a vida de herói e casa-se com Fedra, irmã de Ariadne.

Enquanto isso, o rei Minos toma conhecimento do que ocorreu no seu castelo. Seu arquiteto o traiu novamente e a filha apaixonou-se pelo inimigo.

Irado, manda prender Dédalo e seu filho Ícaro no próprio labirinto que o artista havia construído.

Pai e filho ficam detidos por muito tempo. Cansados dos longos dias no cativeiro, encorajam-se para pedir ao rei que os liberte. Desconsolado com seu infortúnio, Ícaro argumenta:

– Ó, bondoso rei! – suplica o rapaz. – Tire-nos daqui. Meu pai só obedeceu à rainha e à princesa. Se houve erro, já o pagamos. Precisamos da liberdade para continuar servindo em seu castelo.

Como é difícil abrandar a ira de um rei! Ele não deu ouvidos ao pedido do jovem Ícaro.

E os prisioneiros resolveram dar um jeito nessa situação.

Pensaram em sair do labirinto andando, pois, como Dédalo o havia construído, sabia que conseguiriam sair dele. Na saída do labirinto, porém, havia guardas. Cientes disso, essa não seria a melhor forma de fugir.

De repente, pai e filho, criativos, tiveram uma brilhante idéia, que puseram em ação. Construíram grandes asas para que os dois pudessem sair dali voando. Ninguém conseguiria detê-los, pois naquela época não havia nada que voasse, a não ser os pássaros.

Levaram um bom tempo juntando as penas dos pássaros que caíam dentro do labirinto e, depois, fabricando as asas com as penas cuidadosamente recolhidas. Finalmente, conseguiram elaborar grandes e perfeitas asas, como as de uma ave.

Depois de prontas, outra dificuldade apareceu: como prender as asas ao corpo?

Decidiram, então, colá-las com cera, na altura das costas.

É chegado o dia da audaciosa fuga!

Dédalo chama o filho e conversa com ele seriamente, explicando como proceder durante o vôo:

– Meu filho, o que vou lhe dizer agora é muito importante, e você deve obedecer-me. Caso contrário, algo trágico acontecerá a você. Nós vamos voar sobre o mar. Você não pode voar muito baixo, pois a umidade tornará suas asas pesadas, nem tão alto, perto do sol, para que ele não as derreta.

Tendo terminado as recomendações, pai e filho colocaram as asas, que, brancas, abriram-se ao vento.

Partiram voando, voando... finalmente libertos do labirinto.

Lá de baixo, quem os viu pairando no ar não entendia o que estava acontecendo. Pensavam que talvez fossem deuses, quem sabe.

Maravilhado pelo sol, Ícaro esquece as recomendações e começa a voar cada vez mais alto, sem dar ouvido aos gritos do pai:

– Filho! Desça rápido, voe mais baixo, lembre-se do que combinamos!

Extasiado, Ícaro não consegue lhe dar ouvidos, e não resiste ao impulso de voar muito alto, até o céu. Subindo demais, Ícaro chega muito perto do sol.

Derretendo a cera.

Perdendo as asas.

Caindo no mar.

Ícaro caiu no mar Egeu. Após essa tragédia, ele passou a chamar-se Mar de Ícaro.

Impotente, Dédalo nada pôde fazer para salvar o filho. Triste, continuou voando, até chegar a um outro castelo, onde foi acolhido por um outro rei.

IV. PERSEU E MEDUSA

A história do herói Perseu é muito curiosa. Ela se inicia em Argos, onde Acrísio era o rei.

Acrísio queria muito ter um filho, mas teve uma menina. Dânae era belíssima; seu encanto superava o de todas as outras princesas, mas isso não era motivo de conforto para o rei, que resolveu consultar um oráculo para saber se um dia conseguiria ser pai de um menino. A resposta foi avassaladora:

– Não, rei Acrísio, sua filha é que terá o menino que tanto quer. Mas ele está destinado a matá-lo.

Com medo dessa profecia, o rei resolveu tomar providências. O mais seguro seria matar a filha, mas esta coragem ele não tinha, pois temia a ira dos deuses que, certamente, o puniriam por esse crime parental. Mandou, então, construir uma câmara de bronze subterrânea, como se fosse um quarto, e lá aprisionou Dânae com sua ama. Como guarda, colocou dois cães ferozes a vigiá-las dia e noite.

Ninguém conseguia se aproximar daquele local. Quer dizer, nenhum ser humano! O rei não previu que um deus poderia se encantar pela filha...

E foi o que aconteceu. Acrísio jamais esperou pela visita de Zeus, que se apaixonara por Dânae desde a primeira vez que a vira. O astuto deus dos deuses percebeu que a câmara possuía pequenas fendas, na parte superior, por onde entrava a luz. Além de receber o clarão do dia, era através dessas estreitas aberturas que Dânae passava suas horas a olhar o movimento das nuvens e o desenho que delas se formava.

Um dia, algo misterioso acontece.

Zeus, tomando a forma de chuva de ouro, invade o cativeiro e engravida a princesa aprisionada. Somente Dânae sabia que era Zeus. Meses depois, a princesa dá à luz um menino e o chama de Perseu.

Durante certo tempo, com a ajuda da ama, Dânae conseguiu esconder Perseu do avô. Entretanto, um dia, Acrísio passava por ali e ouviu gritos de uma criança brincando. Ficou cismado, lembrando-se da profecia do oráculo. Um arrepio percorreu-lhe a espinha. Desconfiado, vai visitar a filha e acaba descobrindo o neto que ele tanto temia. Só não acreditou que fosse filho de Zeus.

"Isso só pode ser mais uma das maldades de meu irmão Preto", pensou. "Sempre fomos rivais; ele não se cansa de me perseguir... deve estar tentando me matar desta vez. Preciso agir rápido."

E mandou, imediatamente, matar a ama de Dânae. Pensou que ela também estivesse envolvida nessa trama. Mas o que fazer com a filha e o neto? Sua vontade era liquidar com a vida deles, mas o medo da vingança dos deuses fez com que Acrísio elaborasse outra estratégia. Aprisionou mãe e filho num cofre de madeira e ordenou:

– Que este cofre seja lançado no mar hoje mesmo.

A princesa e a criança foram arrastadas pelas ondas, flutuando nervosamente pelo oceano. Era impossível saber por onde passavam, não havia uma só fresta naquela caixa.

Ternamente abraçada ao filho amado, Dânae tentava passar-lhe tranqüilidade, fazendo-o dormir profundamente no colo. Intimamente, a mãe pedia aos céus proteção para seus destinos. O medo tomara conta dela. Já não sabia há quantas noites e dias estavam navegando, não tinha qualquer noção do tempo.

Até que... Dânae sentiu que a caixa não se movimentava mais. Era como se uma grande onda os tivesse levantado e em seguida tudo se aquietou. Aguardou ansiosamente para descobrir o que estava acontecendo.

Tinham ido parar na Ilha de Sérifo. E Díctis, um humilde pescador, irmão do rei, avistou aquele cofre boiando e, curioso, decidiu pescá-lo. Quando conseguiu abrir a caixa lacrada, que surpresa! Dentro dela, encontrou duas criaturas ainda com vida.

Bondosamente, o pescador envolveu mãe e filho com palavras acalentadoras e levou-os para sua modesta casa na ilha, onde morava com a esposa, tão bondosa quanto ele. Dânae e Perseu são alimentados e convidados a morar com eles. A princesa aceitou o convite com alegria; não se importava de viver com simplicidade. Díctis preocupou-se em dar boa educação a Perseu e os tratou como se fossem seus filhos.

Perseu cresceu como herói. Bonito, alto, elegante e muito corajoso. Possuidor de um aguçado instinto de proteção, o jovem príncipe cuidava para que ninguém se aproximasse de sua mãe. Todavia, não conseguiu impedir que Polidectes, o malvado rei da Ilha de Sérifo, se apaixonasse por Dânae.

Polidectes era totalmente diferente de Díctis, seu irmão, e, sabedor da valentia de Perseu, tinha medo de se aproximar.

O tempo foi passando... e o rei continuava apaixonado por Dânae.

Um dia, Polidectes resolveu dar uma festa. Alegou que iria se casar e organizou um jantar para muitos amigos, para o qual convidou Perseu. Durante a noite, o soberano, muito esperto, perguntou aos convidados o que eles gostariam de oferecer a seu rei.

– Um cavalo – responderam todos prontamente. – Só um rei é digno de um presente como esse.

Muito orgulhoso, Perseu não estava de acordo; queria que seu presente fosse o melhor de todos:

– Caro rei – disse ele –, se o senhor assim o desejar, vou trazer-lhe a cabeça da Medusa.

– Nada me agradaria mais que a cabeça da Medusa – respondeu-lhe Polidectes.

O rei não podia estar mais feliz: seu plano tinha saído melhor do que desejara. Dias antes, em conversa com Perseu, astutamente, o rei havia dito ao jovem que seu maior desejo era a cabeça da Medusa. E agora, certamente, ele se livraria do filho de Dânae; estava certo de que Perseu jamais retornaria vivo daquela viagem. Nenhum mortal, até então, tinha sido capaz de liquidar tal monstro.

Os convidados do banquete ficaram perplexos; ninguém, em sã consciência, teria feito tal proposta. Sabiam que Medusa era um horrendo monstro que podia ser morto, mas quem se atreveria a correr tal risco? Ela habitava as sombras, perto do reino dos mortos. Tinha o pescoço protegido por escamas de dragão e a cabeça rodeada por serpentes. Ao invés de dentes, possuía presas como as de javali, mãos de bronze e asas de ouro, que lhe permitiam voar grandes distâncias. Seus olhos eram brilhantes, e seu olhar tão penetrante que aquele que a encarasse seria petrificado imediatamente. Deuses, heróis e mortais a temiam.

Na manhã seguinte, todos os convidados foram levar os mais belos cavalos, como haviam prometido ao rei; somente Perseu não apareceu. Polidectes aproveitou-se da situação e foi procurar o ousado jovem.

– Todos os convidados me trouxeram o presente anunciado – disse-lhe o rei –, só você não compareceu. Ordeno que me traga a Medusa, como prometido. Caso contrário, vou me apoderar, à força, de sua mãe.

Perseu não tinha outra saída senão partir para a grande aventura. Primeiro, porém, precisaria passar por certas iniciações de aprendizado. Estava consciente do perigo da tarefa e teria que se precaver para não acabar transformado em pedra pelo horrível monstro.

Perseu parte, sem dizer a ninguém o que pretendia fazer. Na verdade, nem ele mesmo o sabia. Como encontrar o esconderijo da Medusa? Andou por quase toda a Grécia, como um louco. Caminhou por lugares desconhecidos, que nunca ouvira falar; deparou-se com animais selvagens e seres humanos que haviam sido transformados em pedras por terem olhado para a Medusa. Passou por situações difíceis, mas não desistiu; tinha dentro de si a certeza de vitória.

E eis que...

Surgem do céu, como uma visão, dois deuses. Finalmente, Perseu iria contar com o auxílio divino. Afinal, era filho do deus dos deuses e de uma princesa!

O primeiro a se aproximar foi o deus Hermes, aquele que guia e não se perde nunca no caminho. Perseu não conseguia conter o coração, que agora se enchera de esperança; sabia tratar-se de um deus. Hermes trazia seu bastão de ouro, cujas extremidades tinham enormes asas, e usava sandália e capacete alados.

Ao lado de Hermes, veio uma deusa disposta a ajudar o jovem herói. Era Atena, que trouxe de presente para Perseu seu escudo de bronze, de extrema utilidade para a defesa do jovem na luta com o monstro.

Os deuses deram importantes explicações a Perseu. Falaram-lhe dos seres que ele precisaria encontrar e das etapas que deveria seguir antes do ataque.

– Não será fácil chegar até a Medusa – advertiram Hermes e Atena. – Você terá que providenciar certos instrumentos mágicos, indispensáveis à vitória. Eles estão guardados sob responsabilidade das Ninfas do norte. Para isso, é preciso antes encontrar as Gréias, que são três; somente elas saberão indicar o trajeto para chegar até as Ninfas e depois até a Medusa. As Gréias habitam o país da noite, onde nunca chegou um só raio de sol. Elas são velhas, aliás, já nasceram velhas; lembram um cisne, mas têm a cabeça em forma humana e por baixo das asas, braços e mãos! As três juntas possuem um só olho e um só dente.

Dito isso, Hermes ofereceu-se para guiar o herói até as Gréias. O trajeto era longo e complicado. Perseu aceitou, agradecido, a ajuda.

Os dois partiram, despedindo-se de Atena, que desejou boa sorte ao herói, prometendo-lhe apoio durante todo o combate.

O caminho era longo. Perseu tinha a sensação de que nunca chegaria ao país da noite. Mas Hermes acompanhou o jovem o tempo todo, protegendo-o e guiando-o pelo caminho.

Finalmente, encontraram as Gréias, e tudo se confirmou para Perseu.

Como possuíam um só olho e um só dente, faziam guarda em turnos. Enquanto uma vigiava, as outras duas dormiam.

Valente, Perseu posicionou-se atrás daquela que estava de guarda. No momento em que ela passava o olho para a outra, todas elas estavam cegas. Aproveitando a oportunidade, num gesto muito rápido, o herói arrancou-lhe da mão o único olho. Elas não entenderam o que estava acontecendo, não perceberam que o olho havia sumido, até que Perseu lhes disse:

– Tenho em mãos o único olho que lhes pertence; prometo devolvê-lo caso me ensinem como chegar às inacessíveis Ninfas do norte.

Apavoradas, as fragilizadas Gréias não puderam oferecer nenhuma resistência. Ajudaram Perseu e obtiveram o olho de volta, após darem a seguinte informação:

– As Ninfas do norte habitam o país dos Hiperbóreos, mas é impossível encontrar a estrada – acrescentaram as Gréias. – Nem por terra, nem por mar, você conseguirá segui-la.

Elas não sabiam que o jovem estava acompanhado de Hermes.

Determinado, Perseu segue na direção do caminho que o levará até as Ninfas. Com Hermes a seu lado, num toque de mágica, a estrada se abre, possibilitando a longa viagem ao mundo fantástico. Sem a ajuda de um imortal, teria sido realmente impossível continuar a tarefa.

Chegando ao país das Ninfas, Perseu foi muitíssimo bem recebido. Era um país feliz, dos bem-aventurados, onde todos se divertiam, dia e noite, em banquetes. O herói sentiu-se extasiado com a alegria contagiante daquelas Ninfas, que dançavam livremente ao som da lira e da flauta. Perseu explicou-lhes o motivo de sua viagem, e as amáveis Ninfas o convidaram a participar do banquete daquela noite.

Perseu não podia se sentir mais feliz. Depois de muita diversão, as jovens lhe entregaram o que era indispensável para matar a Medusa.

Foram três as dádivas que lhe ofereceram. As sandálias com asas para voar e poder atacar o monstro de cima. Um alforje, um tipo de sacola, porém mágica, pois ficava do tamanho exato daquilo que lhe fosse colocado dentro. Seria útil para guardar a cabeça da Medusa. E, finalmente, o capacete de Hades, para torná-lo invisível.

Perseu tinha, agora, tudo de que necessitava para o temido combate. Possuía a afiadíssima espada de aço que Hermes lhe emprestara, o escudo de bronze polido de Atena, que parecia um espelho, os instrumentos mágicos das Ninfas e o deus para guiá-lo.

Poderia partir para a etapa final de sua missão, a mais perigosa delas. O herói agradece e deixa, pesaroso, as belíssimas Ninfas.

Perseu e Hermes seguem juntos, voando sobre o oceano, até localizarem a ilha onde habitava a Medusa. Atena, a deusa inteligente que auxiliava em alguns combates, já os esperava, como havia prometido.

Era hora de encontrar o esconderijo do monstro, tarefa nada fácil.

Por fim, encontraram a temível Medusa, que, por sorte, dormia pesadamente. Ela morava com duas irmãs imortais, que também estavam dormindo. Os deuses indicaram a Perseu qual das três era a Medusa, pois somente ela era mortal. E o herói pôde, finalmente, executar seu plano, tantas vezes arquitetado em pensamento.

Graças às sandálias aladas, Perseu voou, aterrissando acima da Medusa. Não podia fitar seu rosto, para não virar pedra. Posicionou o escudo espelhado, de forma a ter o rosto da Medusa refletido naquele espelho, e num gesto rápido e preciso decapitou-a, sem olhar diretamente para ela.

Do pescoço ensangüentado da Medusa nasceram o cavalo alado Pégaso e o gigante Crisaor. Pégaso saiu voando direto para o Olimpo, para servir a Zeus. Crisaor já nasceu com uma espada de ouro e foi unir-se a uma filha de Oceano.

Perseu colocou a Medusa em seu alforje mágico e partiu.

Nesse momento, despertaram do pesado sono as duas irmãs. Rápidas, logo se deram conta do ocorrido e perseguiram o herói para matá-lo. Mas foi em vão, pois ele usava o capacete de Hades, que o tornava invisível.

Missão cumprida, Perseu podia agora prosseguir, sozinho, o seu trajeto. Imensamente agradecido, despediu-se dos deuses e tomou o caminho de volta. Trazia consigo os equipamentos das Ninfas e dos deuses; poderia ainda precisar deles. Mais tarde, já em terra familiar, os devolveria.

Estava ansioso por voltar para casa; preocupava-se com a mãe. No entanto, algo o fez retardar sua chegada em Sérifo.

Quando passava pela Etiópia, deparou-se com uma situação catastrófica. Uma linda princesa de nome Andrômeda, muito pálida, estava acorrentada a um rochedo à beira-mar. Seria devorada por um monstro marinho. Diante daquela triste cena, Perseu apaixonou-se pela jovem. O desespero tomou conta do rapaz: ele faria o impossível para tirá-la daquela mortal condição. Era preciso saber o porquê de tal tragédia.

– O que está acontecendo neste país? – perguntou Perseu a um habitante. – Que castigo é este que paira por aqui?

– O problema teve origem na extrema vaidade de nossa rainha – respondeu-lhe o habitante. – A rainha irritou as Nereidas ao afirmar que era mais bela que todas as divindades marinhas. Inconformadas, as Nereidas pediram ao deus do mar que as vingasse. Era preciso punir uma rainha tão presunçosa. Um mortal jamais poderia superar uma divindade, o castigo seria certeiro. Poséidon, então, enviou a Etiópia esse monstro marinho, para destruir o país. O povo está sofrendo. Sem saída, o rei foi procurar um oráculo. E a reposta veio assim:

– A Etiópia só se livrará do castigo se sua filha for presa ao rochedo, à beira-mar. Um monstro virá para devorá-la.

– E o rei – continuou o etíope –, pressionado pelo povo, teve que obedecer às ordens do oráculo.

Transtornado de paixão, Perseu não teve dúvida. Foi procurar o rei:

– Prometo salvar sua filha, se me conceder a mão de Andrômeda em casamento – implorou, decidido.

O pai consentiu.

Utilizando-se das armas mágicas que lhe ajudaram a matar a Medusa, Perseu conseguiu exterminar mais esse monstro. Posicionou-se ao lado da princesa e esperou até que o inimigo surgisse em busca de sua presa.

E eis que, cortando as águas velozmente, emerge do mar o monstro, pronto para abocanhar Andrômeda. Calçando as sandálias aladas, Perseu ergue-se no ar e confunde o inimigo com sua sombra vinda de cima. Aproveita o momento único, e com um violento golpe de espada, corta a cabeça daquela figura horripilante que cuspia água e fogo, jogando-a, ensangüentada, para muito longe dali.

Furioso com o golpe, o animal ergue-se uma vez mais no ar, todo contorcido, mas, em seguida, seu pesado corpo despenca mar abaixo, desaparecendo por completo da vida do povo da Etiópia. Perseu liberta a noiva e a entrega, emocionado, aos pais.

Ansiosamente, o herói espera que a promessa do rei seja cumprida.

Mas havia um problema. A princesa Andrômeda já havia sido prometida em casamento. Na hora do desespero, seus pais pensaram que a morte da princesa tiraria a noiva do pretendente, que nada fez para salvá-la. Se Perseu conseguisse proteger-lhe a vida, era justo que deveria tê-la como mulher.

Porém, o antigo noivo, enciumado e sentindo-se traído, não pensava como o suposto sogro. Não aceitou a nova situação. Arquitetou um plano para acabar com o rival, que nada sabia da condição anterior da família.

Felizmente, Perseu descobriu a tempo o que estava para lhe acontecer e se preveniu. Quando avistou o inimigo, com seus inúmeros companheiros de guerra, travou combate, lançando-lhes dardos que voaram velozmente, atingindo vários combatentes; mas a luta continuava e muito sangue era derramado. Os inimigos se multiplicavam. O pai de Andrômeda tentou persuadir o antigo pretendente, dizendo:

– Que fúria é essa que o incita contra aquele que salvou a vida de minha filha? É assim que agradece a uma vida que é salva? A fera do mar ia devorar a princesa e você nada fez para impedi-la! Por acaso, gostaria que ela morresse e, assim, se consolaria com a nossa dor?

Mas nada aplacava a ira do noivo preterido.

Perseu se vê encurralado e resolve utilizar Medusa para salvá-lo. O herói simplesmente mostra-lhes a cabeça da Medusa, dizendo:

– Vocês me forçam a tomar tal atitude: virem seus rostos, bravos guerreiros, vejam o que tenho em mãos.

E todos, ao olharem para a Medusa, foram imediatamente transformados em estátuas de pedra.

Finalmente, Perseu pôde casar-se com a princesa. Ao som da lira e da flauta, o casal recebe a corte, e um suntuoso banquete real é servido. A alegria do casal invade os convidados, que saboreiam deliciosamente o jantar regado à generosidade de Dionísio.

Terminados os festejos nupciais, é hora de retornarem para a Ilha de Sérifo e encontrar a família deixada há tanto tempo.

Mas...

Lá chegando, outro problema os esperava.

Enquanto Perseu esteve fora, o tirano rei tentou violentar sua mãe. Em pânico, ela e o pescador Díctis esconderam-se junto aos altares dos deuses. No templo sagrado, estariam salvos, pois era um local respeitado e inviolável.

Indignado com a deslealdade do rei, Perseu enfrentou mais uma luta.

Ao saber que o rei estava reunido com os amigos no palácio, o herói armou-se com a Medusa e foi direto para lá. Entrou no castelo e dirigiu-se para o salão principal, onde encontrou o grupo reunido numa animada conversa.

Os homens ali presentes voltaram-se em direção à porta; quando se depararam com Perseu, ficaram imóveis a olhá-lo, sem saber o que fazer. O herói aproveitou-se da ocasião e ergueu a Medusa rapidamente. Ninguém conseguiu desviar o olhar e, assim, Polidectes e seus amigos foram transformados em estátuas de pedra. Ficaram exatamente na posição em que se encontravam, uns de boca aberta, olhando espantados, outros com a mão erguida como que ao pedir socorro, cada qual com a sua expressão de desespero. Foi tudo muito rápido.

Finalmente, o povo livrou-se daquele tirano. Agora era mais fácil encontrar o esconderijo da mãe. Não faltaram pessoas para ajudá-lo; ela encontrava-se num santuário com a família de Díctis – somente neste local estavam livres da agressão do rei.

Foi grande a emoção do reencontro, após tanto tempo de saudade.

Perseu tomou o poder da ilha, conforme o desejo do povo, e, em seguida, ofereceu-o a Díctis, seu pai adotivo.

E então foi encontrar-se com o deus Hermes para lhe entregar, além da espada, as sandálias aladas, o alforje e o capacete. Os instrumentos tinham que ser devolvidos às Ninfas, e Hermes se encarregaria disso.

Atena veio acompanhando Hermes. Perseu restituiu-lhe o escudo, oferecendo-lhe a cabeça da Medusa. A deusa colocou-a no centro do escudo, tornando-o, assim, um equipamento de luta ainda mais poderoso.

Agora Perseu sentia-se pronto para realizar um antigo sonho que o acompanhava desde a infância: conhecer o avô Acrísio. Nunca havia mencionado esse desejo a ninguém. Acompanhado da mãe, Dânae, e da esposa, Andrômeda, deixou o reino do bondoso Díctis e dirigiu-se para Argos.

Assim que o povo tomou conhecimento da vinda de Perseu, foi logo avisar o rei de que o neto vinha conhecê-lo. Acrísio apavorou-se com a notícia; tinha medo que a profecia do oráculo se cumprisse. E tratou de fugir, escondido, para Larissa.

Chegando a Argos, os visitantes não encontraram Acrísio. Decepcionados, resolveram seguir viagem, passando por Larissa. Perseu sabia que era tempo das competições; aconteciam os Jogos Fúnebres, que o rei mandava celebrar em memória do pai morto.

Como convém a um herói, Perseu participou dos jogos. Nem imaginava que seu avô estaria de visita naquela terra. Durante a competição em que participava, Perseu lançou um disco com muita força, e este, acidentalmente, atingiu o pé de seu avô, matando-o. Acrísio assistia aos jogos como um simples espectador.

Ao saber a identidade da vítima, Perseu desesperou-se. Inconsolado, o neto prestou as honras fúnebres ao avô e o enterrou fora de Larissa.

Muito triste, Perseu não quis ir para Argos, onde teria direito ao trono. Foi para Tirinto, onde reinava seu primo Megapentes, filho de Preto, rival de seu avô. Os jovens se tornaram amigos e tiveram a idéia de trocar de reino. Assim, Perseu tornou-se rei de Tirinto e Megapentes foi reinar em Argos.

Livres da profecia, que mais uma vez se cumpria, a família, apesar da tragédia, pôde finalmente estar unida e feliz.

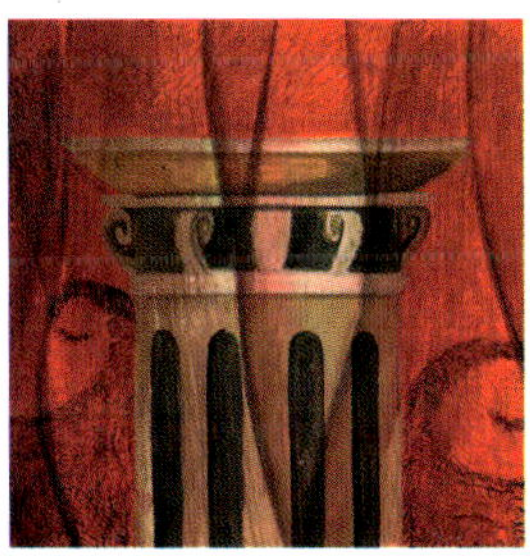

V. BELEROFONTE E PÉGASO

Nasce Belerofonte na cidade grega de Corinto. É belo, audacioso e de insuperáveis dons físicos. Filho de Poséidon, deus do mar, tem também um pai humano, Glauco, que o criou. Sua mãe é a princesa Eurímede.

Como todo herói, Belerofonte vive de aventuras.

Sua adolescência, porém, é diferente da de seus amigos, pois é marcada por uma iniciação trágica: a morte.

Certo dia, caçava com o irmão. Ao tentar atingir um animal, sem querer matou o próprio irmão. Todos sabiam que o jovem era inocente – ele próprio fora vítima de um terrível acidente –, mesmo assim, Belerofonte foi exilado para Tirinto. Nessa nova corte grega, o herói foi recebido pelo rei Preto de acordo com a sagrada hospitalidade, e o purificou de seu crime.

Mas... algo terrível lhe acontece novamente.

A rainha apaixona-se por ele. Marca uma entrevista com Belerofonte e declara-se. Como o jovem não retribui a seu amor, a rainha, enfurecida, vinga-se dele.

Chama o marido e acusa o hóspede de tentar violentá-la.

O rei Preto havia recebido Belerofonte com deferência, tendo se sentando à mesa com ele durante as refeições, o que era prova, na época, de profunda identidade com o hóspede. Portanto, o rei não podia usar de violência contra ele.

Além disso, havia as Erínias, os seres que vingam os crimes; elas jamais o perdoariam por ter tirado a vida de um hóspede. Enraivecido e enciumado, o rei teve a idéia de enviar Belerofonte para o sogro. Ele certamente resolveria o problema, deixando-o a salvo das Erínias.

Preto escreveu uma carta ao sogro, pedindo que matasse Belerofonte, e encarregou o próprio jovem de levá-la.

Chegando à corte de Ióbate, Belerofonte é recebido com todas as honras. O rei senta-se à mesa com o hóspede, sem ter lido a carta que o genro lhe enviara. Durante nove dias e nove noites, cobre o jovem de festas e agrados. Só mais tarde é que pede para ver a carta.

Ao lê-la, Ióbate fica sem ação, surpreendendo-se com o pedido de morte. Pela mesma razão de Preto, ele não podia matar o visitante com as próprias mãos, consciente da fúria de Zeus para com aqueles que rompem com os laços que unem anfitrião e hóspede. A fim de cumprir a tarefa designada pelo genro, decide enviar Belerofonte para uma aventura que certamente lhe custaria a vida. Nenhum ser humano seria capaz de sair vivo daquela empreitada.

O herói teria que matar Quimera, a terrível cabra que vinha devastando o país e devorando os rebanhos. O monstro tinha três cabeças – uma de leão, uma de cabra, uma de serpente –, corpo de cabra e cauda de serpente, e ainda soltava chamas pela boca. Uma criatura terrível, enorme, de força descomunal e, acima de tudo, muito veloz.

Belerofonte sabia do que se tratava e não entendeu o porquê dessa ordem vinda do rei, que já se tornara seu amigo. Mas não tinha escapatória a não ser sair à procura de Quimera.

Os deuses, que tudo vêem e não gostam de injustiça, resolvem auxiliar o jovem em sua tarefa. Poséidon, o pai divino de Belerofonte, vem em seu auxílio.

– Filho, o que está acontecendo com você é injusto – afirma o deus do mar. – Vou emprestar-lhe Pégaso, o cavalo alado, que você sempre admirou. Somente com a ajuda dele você sairá vencedor.

Então, Belerofonte fica mais confiante. Já conhecia Pégaso, o cavalo que nasceu do sangue do pescoço de Medusa.

O jovem monta o cavalo divino que nunca se cansa, e sai cavalgando. Primeiro em terra firme, para ganhar a confiança do animal, depois no ar, à procura do monstro que deve executar.

E eis que o jovem herói finalmente conquista sua primeira vitória após tantos transtornos do destino. Elevado no ar, ele paira acima da terrível criatura, a uma distância bastante segura, de onde o fogo não os podia atingir. E de um único arremesso certeiro de sua flecha, Belerofonte mata a Quimera, que nem teve tempo de reagir.

O rapaz volta vitorioso com o troféu, para provar que dera conta daquela impraticável tarefa.

Ióbates leva um susto. O que dirá ao genro que o incumbiu de matar o visitante? E resolve enviar o herói para mais duas aventuras. Desta vez, o destino de Belerofonte é enfrentar os vizinhos do rei, os sólimos. Povo feroz, habituado a guerrear bravamente.

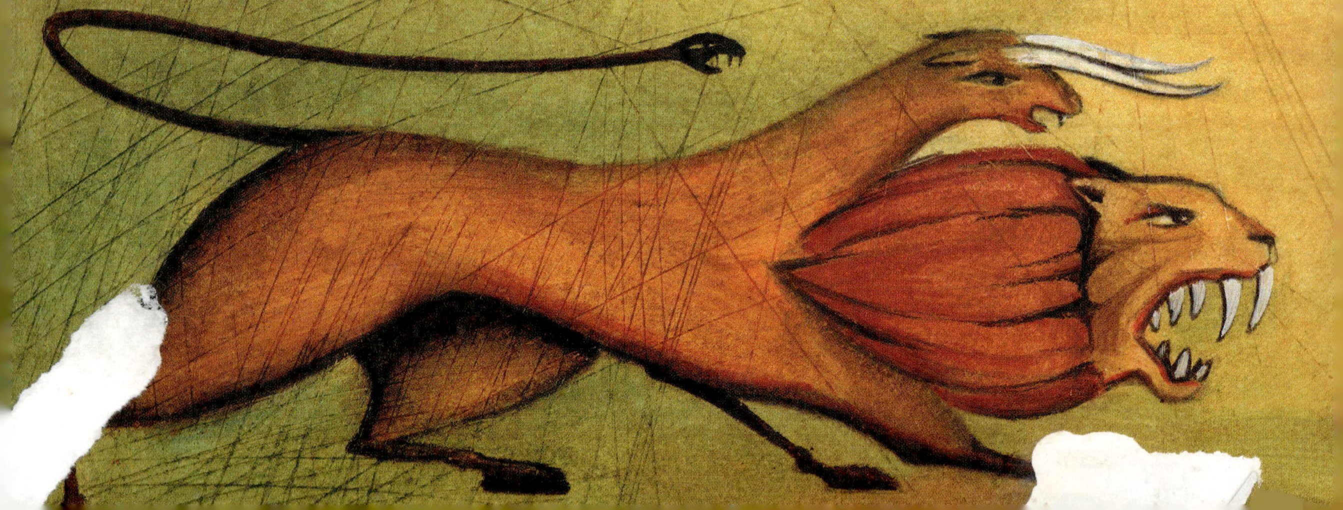

De novo, com a ajuda do cavalo divino, a empreitada torna-se possível a Belerofonte. Ele chega pelos ares, bem longe do alcance das armas inimigas. E atira-lhes uma chuva de pedregulhos, derrotando, assim, esse povo imbatível. O audacioso herói volta, mais uma vez, triunfante, causando novo problema ao rei.

A última tarefa é mais complexa. Belerofonte terá que lutar contra as temíveis amazonas, que viviam em um povoado próprio, só de mulheres. Filhas de Ares, deus da Guerra, as amazonas eram bravas guerreiras; não suportavam os homens, e governavam a si próprias. Na terra das amazonas, os homens só eram chamados para servi-las.

Belerofonte vale-se novamente de Pégaso e parte para cumprir seu último trabalho.

Mais uma vez, o herói chega voando, montado no belo cavalo branco, e surpreende as amazonas, que não esperam aquele ataque. Belerofonte trava um glorioso combate, causando um verdadeiro massacre, e retorna satisfeito. Finalmente, pensa estar livre dos castigos, cuja razão ele desconhece.

Sabedor dessa terceira conquista, o rei Ióbates envia um enorme grupo composto de seus mais bravos guerreiros para acabar com o jovem, antes mesmo que ele chegue ao reino. Pede que eles armem uma emboscada para liquidarem de uma vez por todas o imbatível guerreiro. O sogro do rei Preto ainda não se havia dado conta de que se tratava de um herói.

A grande surpresa para a corte é que nenhum soldado regressa vivo – Belerofonte matou a todos. A essa altura é impossível continuar acreditando que se trata de um mero mortal.

Admirado, o rei Ióbate dá-se conta da origem divina do jovem e pede-lhe que explique o que ocorreu na corte de Preto. Belerofonte relata os fatos, mostrando-se curioso, ele também.

Decididamente é preciso render-se ao hóspede. Envergonhado, o rei reconhece Belerofonte como herói e mostra-lhe a carta do genro Preto.

Ao herói só resta a indignação.

Ióbate e Belerofonte tornam-se grandes amigos, e o rei pede ao jovem que o perdoe e permaneça em seu reino. Oferece-lhe as regalias a que tem direito e lhe dá a filha Filônoe em casamento.

Belerofonte agora vive tranqüilo e é muito feliz com sua nova família.

Quando o rei Ióbate morre, deixa-lhe o trono, com a certeza de que haverá uma justa continuação.

No entanto, sempre que um herói é injustiçado, ele deve se vingar mais cedo ou mais tarde. Não se pode caluniar um herói e permanecer impune.

Belerofonte segue o mesmo trajeto. Depois de ganhar tantas batalhas, está confiante em vencer o reinado de Preto, que o puniu injustamente.

Montado em Pégaso, voa para castigar a perversa rainha.

Mas as notícias chegam ao reino de Preto antes do ataque de Belerofonte. O rei tem tempo de se preparar, sem que o herói o saiba. Adverte a rainha da chegada do jovem e a ajuda a roubar o cavalo divino para fugir com ele. A rainha, porém, não vai muito longe.

Pégaso sabe que se trata, mais uma vez, de uma emboscada, e derruba a maldosa rainha, lançando-a no mar. Mais tarde, seu corpo é encontrado pelos pescadores que o entregam a Preto para ser sepultado em seu reino.

O amigo Pégaso volta para apanhar o herói, e os dois retornam para o lar onde a princesa os aguarda.

Belerofonte tem três filhos e por um bom período usufrui as glórias de suas conquistas.

Mas...

Com o passar do tempo, o herói deixa-se levar pela vaidade e é dominado pela vontade de superar os limites humanos. Belerofonte esquece a ira dos deuses, que jamais suportaram ser ultrapassados por um ser humano, mesmo em se tratando de um herói, por melhor e mais valente que fosse.

Belerofonte sonha alto demais. Quer viver entre os imortais.

Monta em seu cavalo alado e, cavalgando, tenta escalar o Olimpo para chegar aos deuses. Ele já esqueceu que só obteve tantas vitórias pelo fato de ter sido ajudado pelos habitantes do Olimpo!

Zeus, o deus dos deuses e dos homens, não pode deixar que a ordem cósmica seja perturbada. Quando vê o orgulhoso herói tentando chegar até eles, manda-lhe um raio, que imediatamente o fulmina. O grande deus o faz regressar ingloriamente morto para a terra, de onde veio e de onde nunca deveria ter saído.

Pesarosa, a princesa consegue que seu povo reconheça as proezas do herói, e Belerofonte é glorificado por seus súditos.

Pégaso, o cavalo divino, volta para o Olimpo para servir a Zeus. Por ser muito rápido, é ele quem transporta seus raios. Mais tarde, o corajoso e fiel Pégaso recebe sua recompensa, sendo transformado numa constelação.

VI. FAETONTE, O FILHO DO SOL

O local: um palácio distante da terra, resplandecente.

Os personagens principais: Hélio, um pai brilhante, e Faetonte, um filho audacioso que quis ultrapassar seus limites.

Faetonte foi uma criança forte e corajosa, que não conheceu o pai. Foi criado com suas irmãs, as Helíades, e educado somente pela mãe, Clímene, que jamais mencionou o nome de seu pai. Quando chegou à adolescência, a mãe pensou que Faetonte estaria pronto para tal revelação e lhe confidenciou que Hélio, o deus Sol, era seu pai.

Grande foi o espanto do adolescente. Como poderia ele ser filho do Sol? Nunca tinha ouvido falar que o Sol tivesse um filho.

Faetonte ficou entorpecido. Fora criado pensando que só tinha mãe, e, de uma hora para outra, descobre que é filho do Sol, justamente do Sol, seu deus predileto.

A partir de então, o jovem passou a olhar diariamente para o céu a fim de ver o trajeto que o Sol fazia em seu carro puxado por quatro cavalos brancos. Sentia-se orgulhoso por ser filho de Hélio, e, muito audacioso, pensou até em algum dia vir a ocupar o lugar do importante cocheiro.

Empolgado, não conseguiu conter a língua e acabou revelando aos amigos seu segredo. Todos ficaram abismados e acharam essa história meio complicada. Eles também nunca tinham ouvido falar que o Sol tivesse filhos, ainda mais um filho mortal que era amigo deles.

Além do mais, Faetonte, até então, não havia mostrado qualquer indício de ser filho de um ser divino. Resultado: os amigos não acreditaram nele. E, a partir desse dia, passaram a zombar do herói, que já se arrependera da sua imprudência.

Dias e dias correram até que, cansado de ser motivo de tanto riso, o jovem resolve sair à procura do pai, para certificar-se da estranha revelação.

Porém, havia um problema. Como um simples mortal conseguiria chegar à moradia do Sol? Se Faetonte fosse realmente filho de um deus, não era um jovem comum. E no desejo de confirmar sua nova identidade, partiu sem hesitar.

Os dias seguintes não foram nada fáceis para ele. Andou muito, atravessou territórios íngremes, escalou longas e árduas encostas. Muitas vezes, o cansaço quase o fez desesperar e desistir de sua busca, mas Faetonte continuou em frente. Tinha certeza de que encontraria o pai.

Após percorrer longo trajeto sem ao menos saber ao certo que direção tomar, chegou finalmente a uma morada cintilante como o ouro. Parecia que estava mergulhada na luz. Um imenso palácio, edificado com altas colunas, fazia-se enxergar no meio desse clarão.

Lá, tudo reluzia e brilhava o tempo todo. Não existia a noite. A claridade quase cegou Faetonte, que mal conseguia abrir os olhos. Porém, com o pensamento certeiro, ele bateu à porta:

– Procuro o palácio de Hélio, o Sol. Muito andei até chegar aqui.

Hélio encontrava-se sentado, tranqüilamente, em seu trono de esmeraldas. Junto dele estavam as Horas, os Dias, os Meses, os Anos e os Séculos. As Estações do Ano também lhe faziam companhia, cada uma vestida de acordo com sua época, e preparadas para ornamentar os países em suas devidas estações. O palácio era coberto de pedras preciosas, com teto de marfim polido e portas de prata. Nas paredes, havia maravilhosas esculturas feitas pelo deus Hefesto, que representavam a terra, o mar e o céu com seus habitantes. Hélio, que tudo vê, levou um susto: quem seria esse jovem, o que queria? Mas logo reconheceu o jovem e respondeu:

– Meu filho e minha glória, como é bom ouvi-lo. Muito esperei por este grandioso momento. O que você quer aqui, meu menino?

Diante de tanta ternura, mas ao mesmo tempo obrigado a guardar uma certa distância daquela luminosa cabeça, ofegante, Faetonte responde:

– Hélio, meu pai, luz do imenso universo, se assim posso chamá-lo! Estou amedrontado diante desse espetáculo que meus olhos mal podem apreciar. Mesmo assim, preciso dizer-lhe o motivo de minha vinda. Minha mãe, Clímene, revelou-me que sou seu filho. Se ela diz a verdade, peço-lhe que me dê uma prova.

Então, o deus retirou sua coroa de luz incandescente para que o filho pudesse enxergá-lo melhor e dele se aproximar.

Abraçando-o com carinho, o deus Sol assegurou-lhe:

– Sua mãe não o iludiu, Faetonte, você é verdadeiramente meu filho. Não quero que duvide de minha palavra. Peça o que quiser e será atendido. Invoco o Estige, o rio do juramento dos deuses, para testemunhar o que digo.

Na ânsia de realizar seu sonho, o imprudente jovem faz um pedido que o pai jamais poderia atender.

– Eu gostaria de conduzir, por um dia, um único dia, o Carro do Sol – pede Faetonte sem hesitar.

– Meu filho, quando disse que atenderia a qualquer pedido seu, fui apressado. Não o adverti de que essa solicitação seria a única que eu não poderia atender – responde, desapontado, o pai. – O que você pede está acima de suas forças, pois a nenhum mortal é dada essa chance. Nem Zeus, o deus dos homens e dos deuses, ousou algum dia conduzir meus indomáveis cavalos. Além disso, a estrada do céu não é fácil de ser seguida; por ser íngreme, é arriscada e difícil; os próprios cavalos encontram dificuldade em escalá-la, mesmo que estejam descansados no frescor da manhã. Até eu me assusto com a altitude em que devemos sobrevoar. Vendo os mares e as terras, um grande aperto nos chega ao coração e é impossível controlarmos a emoção. Depois, há uma descida precipitada: é preciso ter muita firmeza. Quando termino meu curso, no final do dia, e começo a descida em direção ao mar, mesmo Tétis, uma divindade das águas, fica admirada por eu não cair de cabeça. E, tremendo nas ondas, aguarda-me incansável todos os dias. O que você sonha em encontrar no céu? Não pense que há somente bosques e ricos templos lá em cima; também encontrará perigos e monstros. Terá que passar pelos cornos de Touro; pelos braços curvos e com ferrões de Câncer; pelas garras do feroz Leão; pelas tesouras do Escorpião e pelo arco do Sagitário. O caminho é tortuoso e não se esqueça de que os cavalos soltam chamas pela boca e pelas ventas.

Mas, apesar dessas considerações, Hélio não teve outra saída, uma vez que havia jurado perante o Rio Estige. E o filho, insensível, ardendo de desejo por uma aventura gloriosa que nem mesmo Zeus ousara, não recuou. Em nenhum instante teve medo ou duvidou de sua capacidade.

Por fim, Hélio cansou-se de tantas explicações. Havia chegado a hora de sua trajetória; não podia mais se atrasar, o galo já havia cantado. A Aurora abria as portas da manhã, as estrelas fugiam e a lua iniciava seu repouso para deixar o céu inteiramente livre para a passagem do Sol.

As Horas prepararam os cavalos para mais um dia de árdua cavalgada. Ofereceram a eles fresca ambrosia. Pomposos, os animais comiam o divino alimento e lambiam os freios de ouro, inquietos, esperando por Hélio.

Temeroso, o pai ainda aconselha o inescrupuloso jovem e unge o rosto do filho com um preparado sagrado para que as chamas não o queimem. Em seguida, coloca em sua cabeça a coroa radiosa, dizendo:

– Você pede uma prova da minha paternidade. Quer prova maior que o meu receio de perdê-lo? Não consegue olhar a seu redor e ver quantas riquezas poderia lhe oferecer? Eu nada recusaria a você. Pela última vez, tente controlar seus impulsos; o que você está pedindo é a própria morte.

Mas Faetonte estava firme em seu propósito e não aceitou os conselhos do pai.

Então, Hélio faz as últimas recomendações:

– Os cavalos devem ser controlados pela rédea, com toda a firmeza possível; nunca use o chicote, os animais são ágeis por si mesmos. Não corra perto da terra, para não incendiar o planeta, nem tão alto, no céu, para não queimá-lo e provocar um incêndio nas moradas celestes. Voe sempre no meio e estará seguro.

E o audaz Faetonte sobe, vaidoso, na enorme taça do Sol e parte.

Por alguns instantes, o jovem sentiu-se o próprio dono do céu – orgulhoso, em êxtase! Entretanto, os cavalos estranham o peso de quem os conduz, pois é muito leve, e não sentem a mão segura do deus a quem estão habituados a obedecer. Relincham e partem velozmente, ferindo o solo com os cascos.

O carro eleva-se em direção ao céu, deixando para trás a rota costumeira. Ninguém o conduz?! Eles voam em direção à terra, depois sobem ao céu, em seguida, baixam demais e imediatamente alcançam alturas estrondosas. Soltos, os cavalos vão de um lado a outro, em velocidade cada vez maior. Faetonte não consegue controlá-los: está totalmente sem direção. Seu pavor é tamanho que ele empalidece e seus membros não respondem mais. Passa por feras abomináveis e estremece diante do horrendo Escorpião, com as enormes pinças alastradas pelo espaço.

Os cavalos continuam disparados, a corrida é cada vez mais absurda. Atropelam as nuvens, as estrelas, os montes, os mares, o que à frente encontram, e por onde passam deixam um vasto incêndio. Agora tudo é chama. As cidades queimam, as águas evaporam, o mundo é fogo e fumaça. Até o Rio Nilo, apavorado, esconde sua nascente que ainda hoje continua desaparecida! Faetonte não enxerga mais nada; sente um calor insuportável dentro da taça.

Alguém precisa agir. É Géia, a Terra, a grande deusa, mãe de tudo, que, abismada, implora a Zeus para vir em socorro do planeta. A catástrofe é incalculável.

O grande deus, que zela dia e noite pela ordem cósmica, ouve o pranto de Géia, e com a aprovação de todos os imortais envia seu raio certeiro contra o incapaz cocheiro.

Faetonte é lançado, já morto, pelo espaço em chamas, e como estrela cadente cai no rio que, depois de recomposto, lhe apaga o fogo, refrescando seu corpo todo destruído.

Os cavalos, loucos, também não sobrevivem; restos de rédeas, esporas, rodas e outros destroços do carro de Hélio são lançados ao ar.

Aos poucos, o fogo cede, e as coisas voltam aos seus lugares.

Deus Hélio, o pai, está cruelmente atingido. Na sua dor, esqueceu-se até de iluminar a terra. Por sorte, ainda restavam labaredas que não deixaram que o mundo fosse só trevas.

As Helíades, irmãs de Faetonte, também estão inconsoláveis. Choraram tanto, no leito do rio, que foram transformadas em álamos. Com seus galhos pesados, as árvores permanecem quase deitadas à beira das águas como a verter, eternamente, lágrimas de sofrimento. Gotejam âmbar, deixando no ar um perfume de saudade.

Um grande amigo de Faetonte, o jovem rei da Ligúria, veio ao encontro das irmãs e junto às margens verdes de álamos também deixou seu lamento.

Seu pranto não cessava nunca até que ele foi castigado.

Algo curioso aconteceu. Sua voz começou a enfraquecer, tornando-se mais suave; seus cabelos, aos poucos, transformaram-se em penas muito brancas e todo o seu corpo agora é pluma. O rei da Ligúria foi transformado numa ave!

Assustado, ele apalpa o corpo; sente-se todo diferente. Então, vai se olhar. Admirado, ele mesmo se nomeia Cisne. Para sempre estará ao redor daquele rio. Teme Zeus, pois chorava por Faetonte, que foi punido pelo grande deus. Por isso, não voa alto até o céu; prefere ficar na frescura das águas, adornando-as com sua postura suave.

Faetonte, o mortal que ousou brilhar mais que um ser divino, teve um enterro digno. As bondosas ninfas do local onde ele caiu recolheram o seu cadáver e deram-lhe um glorioso túmulo pela coragem de querer conduzir o carro de um deus, seu pai.

UM POUCO MAIS SOBRE OS DEUSES E OS HERÓIS GREGOS

Atena: Filha de Zeus e Métis, também conhecida como Palas. Deusa da sabedoria e da guerra, nasceu da cabeça de Zeus. Deusa virgem, guerreira, armada com a lança e a égide – espécie de couraça de pele de cabra. Atena também era a protetora das artes e das cidades; deu ao povo o tear, o arado e a flauta. É a protetora de Atenas – que deve seu nome à deusa – e de outras cidades gregas. A coruja é sua ave predileta.

Dédalo: Filho de Eupálamo e Alcipe, é um ateniense que pertencia à família real. Um artista universal, ao mesmo tempo, arquiteto escultor e inventor. Com uma escrava de nome Náucrate, teve o filho Ícaro.

Dionísio: Filho de Zeus e Sêmele. É o deus do vinho e do êxtase. Descobriu a videira e criou o vinho, bebida sagrada para os gregos. Dionísio tinha um cortejo que o seguia; o cortejo masculino era composto por sátiros, e o feminino, por bacantes. Este deus criou festas em sua honra denominadas Bacanais, onde as mulheres eram tomadas por um delírio místico, durante o qual percorriam os campos emitindo gritos rituais. Terminada sua tarefa na terra, o deus foi habitar o Olimpo, mas deixou seu culto entre os mortais, sendo festejado em procissões tumultuosas em que os participantes usavam máscaras. Esses cortejos deram origem ao teatro: a comédia, a tragédia e o drama satírico.

Europa: É uma princesa, filha do rei Agenor e da rainha Telefaassa, da Fenícia. Torna-se importante na mitologia grega por ter se unido a Zeus e dele ter três filhos: o famoso rei Minos, Sarpedon e Radamante.

Gréias: Filhas de Fórcis e Ceto. As três Gréias são velhas, aliás, já nasceram velhas, nunca foram jovens. As três juntas tinham apenas um olho e um único dente, e os utilizavam uma de cada vez. Viviam no país da noite, onde o Sol não chegava jamais.

Hades: Filho de Cronos e Réia, irmão de Zeus. Deus dos mortos, do mundo subterrâneo, dos Infernos ou Tártaro.

Hefesto: Filho de Zeus e Hera. Deus do fogo, ferreiro, presidia os trabalhos manufaturados com metal. O mais criativo dos deuses, Hefesto era o artesão divino. Apesar de ser um deus, era coxo e nada atraente fisicamente.

Hélio: Pertence à geração dos Titãs, um dos primeiros seres da terra. Filho de Hipérion e Téia. O Deus-Sol é uma divindade; tem existência e personalidade próprias. É representado como um jovem de grande beleza, com a cabeça circundada por raios que formam uma espécie de cabeleira de ouro.

Hera: Filha de Cronos e Réia. A maior de todas as deusas, era a esposa de Zeus. Protetora do casamento legítimo e, por extensão, das mulheres casadas. Ela esteve sempre representada como uma mulher ciumenta, vingativa e violenta. Freqüentemente punia Zeus por suas traições, assim como os filhos dessas uniões extraconjugais. Sua ave era o pavão e suas plantas a romã e o lírio.

Héracles: Filho de Zeus e Alcmena. É o herói mais célebre e popular de toda a mitologia clássica. É o deus da força física, o ser mais forte do universo. Para ter êxito em seus feitos, usava uma clava (pedaço de pau, mais grosso numa das extremidades), um arco e uma flecha. É mais conhecido entre nós por seu nome latino Hércules.

Hermes: Filho de Zeus e da ninfa Maia. É o mensageiro de Zeus e das divindades infernais. As atividades esportistas também lhe eram consagradas, por ser ele um deus de forte vigor físico.
Criou a lira, a partir de uma tartaruga, que mais tarde deu a seu irmão Apolo em troca de seu rebanho. Algum tempo depois, criou a flauta, que também deu a Apolo em troca de seu caduceu (cajado) de ouro, que utilizava para guardar o rebanho. Hermes só aceitou lhe dar a flauta em troca de lições de adivinhações, nas quais Apolo era mestre. Quando surgia com o caduceu, Hermes representava paz e prosperidade, anunciando mensagens divinas.
Hermes também era considerado o deus do comércio e do roubo. Guiava os viajantes pelas estradas e velava pelos pastores. Mas não conduzia somente os vivos, dirigia também as almas dos defuntos aos Infernos. Hermes é representado calçando sandálias aladas, capacete (que torna invisível quem o use) e segurando o caduceu, símbolo de suas funções como arauto divino.

Medusa: Um monstro, filha de duas divindades marítimas, Fórcis e Ceto. É uma górgona que tem mais duas irmãs, Esteno e Euríale. Das três irmãs somente Medusa era mortal. Habitava perto do reino dos mortos e quem a encarasse seria petrificado no mesmo momento. Todos a temiam, mortais e imortais. Somente o deus dos mares, Poséidon, não teve medo de se unir à ela.

Minotauro: Filho de um touro e Pasífae (mulher do rei Minos). Monstro com corpo de homem e cabeça de touro.

Ninfas: Divindades secundárias que auxiliavam os deuses em suas atividades rotineiras. São jovens, belas e habitam os campos, os bosques e as águas. Passam a vida a fiar e a cantar, quando não estão acompanhando uma grande divindade (como uma deusa, por exemplo). Apesar de possuírem vida extremamente longa, as ninfas não são imortais.

Pasífae: Rainha de Creta, casada com o rei Minos. É filha de Hélio e Perseide. Com Minos, teve oito filhos. Mas, ensandecida, teve o Minotauro de uma relação com um touro.

Poséidon: Filho de Cronos e Réia, é o deus que reina sobre o mar, as águas correntes e os lagos. Irmão de Zeus, ele pode dominar as ondas, provocar tempestades e fazer estremecer os rochedos apenas com um toque no seu tridente. Poséidon é representado com o tridente, montado em sua carruagem, cuja concha é puxada por belos cavalos brancos. Ao redor de seu carro, uma multidão de peixes, golfinhos e criaturas marinhas de todas as espécies o acompanham.

Zeus: O grande deus dos deuses e dos homens, filho de Cronos e Réia. É uma divindade suprema, o mais importante de todos os deuses. Com ele, dá-se a organização divina. A divisão do mundo é feita, e o Olimpo é criado no espaço invisível – bem acima da terra. Zeus é representado pelo raio. Na maior parte do tempo, está no Olimpo, onde moram os deuses, mas também viaja mantendo a ordem e a justiça no mundo. Pode provocar a chuva, lançar raios e relâmpagos. Zela pelos deveres de hospedagem e é o único que não se deixa abater pelos seus caprichos (quando estes não são amorosos). Por caber a ele a justiça, pode distribuir o bem e o mal. A águia é sua ave predileta.

Távola Genealógica

~ Casamentos
— Filhos
— Nomes repetidos
• Três filhos

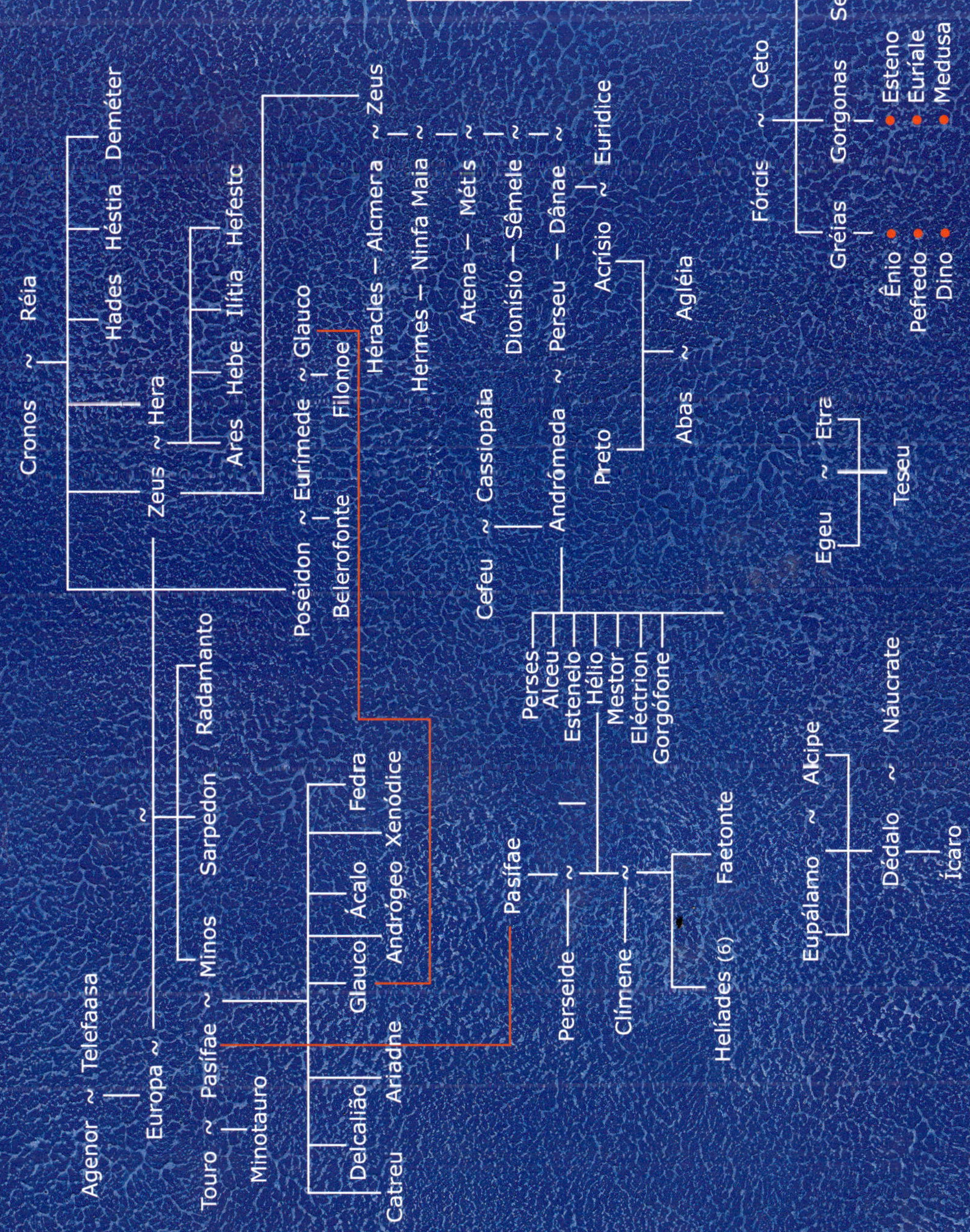

Eu sou Maria Augusta Randon. Nasci em São Paulo, mas moro no Rio Grande do Sul há 12 anos. A inspiração para escrever este livro surgiu assim: Quando eu era criança, minha mãe contava histórias mitológicas de vários deuses gregos como Afrodite e Zeus. Já crescida, escolhi a língua grega para fazer parte do curso de Letras que fiz na universidade. Assim, o encantamento por essa cultura aumentou.

No exterior, onde fiquei alguns anos, continuei a estudar e pesquisar. De volta ao Brasil, em 1989, comecei a escrever esta obra, procurando apresentar um mundo mítico fascinante e curioso. Espero, por meio de *Os deuses e seus enigmas*, levar a vocês – pequenos e grandes leitores – histórias deste mundo tão antigo, mas que têm muito a ver com os dias de hoje.

Meu nome é André Neves. Nasci em Pernambuco e também moro no Rio Grande do Sul. A Guga, como todos chamam a autora deste livro, foi quem me deu um presente fantástico: uma viagem maravilhosa ao mundo da mitologia grega. Por meio das ilustrações mergulhei fundo nessa cultura e pude sentir o que movia aquela civilização que se manifestava por meio de seres mitológicos tão fabulosos. As descobertas, que me tocaram profundamente, joguei no papel com algumas técnicas à maneira que observo o mundo hoje e consegui chegar onde eu pretendia: criar um projeto atraente, diferente, mas que agradasse a todos e que, ao mesmo tempo, é um presente meu para a Guga e para você, leitor.